ভালোবাসার গোলাপ

VALOBASAR GOLAP

গোপা ঘোষ

কন্যা অনুপমা ও জামাই রাকেশ কে

বিষয়বস্তু

অনুক্রমণী

আমার মা গোপা ঘোষ এই ভালবাসার গল্প সম্বলিত বইটি প্রকাশ করার আগে কয়েকটি গল্প আমি পড়েছি তাই নিসন্দেহে বলতে পারি বইটি সবার ভালো লাগবে।

অনুপমা ঘোষ

ভূমিকা

ভালোবাসার ঋতু বসন্ত এসে গেছে। মনে দোলা লাগানো এই ঋতু যে প্রেমময় তা অস্বীকার করার উপায় নেই। তাই ফেব্রুয়ারি তেই উদযাপিত হয় ভ্যালেন্টাইন্স ডে। আমার এই প্রেমের ঋতুকে উপলক্ষ করে কয়েকটি প্রেমের গল্প সংকলন ' ভালোবাসার গোলাপ ' প্রকাশ করলাম। প্রেমের ক্ষেত্রে গোলাপের ভূমিকা অনস্বীকার্য। লাল গোলাপ প্রেমের প্রতিরূপ। প্রেমের গল্প নানা পত্রিকায় লিখেছি কিন্তু প্রেমের গল্প সংকলন এটিই প্রথম। বইটি পড়ে যদি ভালো লাগে সেটিই আমার বই লেখার সার্থকতা।

গোপা ঘোষ

১

গোলাপ তুমি

বাসন্তী এক ঝটকায় সুবলের হাতটা ছাড়িয়ে রান্নাঘরের দিকে যেতে যেতে বলে ওঠে

"সকাল থেকে চার বাড়ি কাজ করে আর সোহাগ পেতে আমার একটুও ভালো লাগে না বুঝেছ?"

সুবল তাও হার মানে না, পেছন থেকে বাসন্তীর কোমরটা জড়িয়ে ধরে বলে

"এত চটছিস কেনো? তোর চেয়ে অনেক বেশি কাজ করেও সবাই বরের সাথে সোহাগ করে, তুই ভাবিস কি আমি শুধু ঘরে বসে থাকি?"

এবার বাসন্তীর গলা আরো জোর হয়

"চুপ কর হারামজাদা, সারাদিন বসে বউয়ের পয়সায় খাচ্ছিস আবার সোহাগ দেখাচ্ছে, এত যদি দরদ তো কুলি গিরি করে সংসার টা টান দেখি"

সুবল এক ঠেলা মেরে বাসন্তীর কাছ থেকে সরে আসে।

"শালা মেজাজটা একদম বিগরে দিলো, যা তোকে আর দরকার নেই"

"যা যা তোর কত যাওয়ার জায়গা আছে আমি জানি, আবার রাতে এখানেই আসতে হবে"

সুবল শার্ট টা গায়ে দিয়ে বেরিয়ে যায়।

বাসন্তীর আরো দু বাড়ি কাজ ছিল কিন্তু শরীরটা ভালো না লাগায় আর যেতে ইচ্ছে করছিলো না। গা টা কেমন জ্বর জ্বর লাগছে। এক গ্লাস জল খেয়ে শুয়ে পড়ে। কিন্তু ছেলেটা পড়তে গেছে এসে ভাত খাবে মনে পড়ায় আবার উঠে বসে। এখন মনে হলো জর টা বোধহয় বাড়ছে। তবু উঠে কেরোসিনের ডিবে টা বের করে স্টোভ এ তেল ভরতে যায় কিন্তু তেল যা আছে তাতে হয়ত ভাত টুকুই হবে। সুবল থাকলে মন্টুর জন্য একটা ডিম আনতে বলতো কিন্তু ওর আর বাইরে যেতে ভালো লাগছিলো না তাই আলু সিদ্ধ দিয়ে ভাত বসিয়ে দিলো।

সারাদিন ঘরে বসে থাকে তাও কুড়োর কুটি টি নাড়বে না ওর ঘরের মানুষটা। সুবলের উপর যেনো রাগটা হু হু করে বাড়ছিল। এখন বাসন্তীর মাঝে মাঝে মনে হয় বেশ তো ছিলো মা মেয়েতে, দু বাড়ি রান্না করে মা প্রায় অর্ধেক সংসার টেনে দিত আর ওর কাজের টাকায় বাসন্তী ওর অনেক সখ পূরণ করত পারতো, যা এখন অতীত। বিয়েটা করে ভেবেছিল আর গতর খাটিয়ে রোজগার করতে হবে না, বর সংসার চালাবে আর ও গুছিয়ে সংসার করবে। যেমন নতুন বাড়ির বৌদি সারাদিন শুধু ঘর সাজাতে ব্যস্ত থাকে, আর বাজার থেকে হাজার জিনিস কিনে আনে ঘর সাজানোর জন্য। দাদাবাবু অফিস থেকে ফিরে বউয়ের প্রশংসা য় পঞ্চমুখ। সত্যি বৌদির ভাগ্যটা খুব ভালো। বাসন্তীর এসব দেখে নিজের কপালটার উপর খুব খুব রাগ হয় কিন্তু কি আর করবে শুধু মন্টু কে পড়ালেখা শিখিয়ে মানুষ করতে পারলে ওর শান্তি। ভাতটা ফেন গেলে ও আবার খাটে শুয়ে পড়ে। আজ যেনো দু চোখের পাতা কিছুতেই খুলে রাখতে পারছে না। কাল সকালে এক বাড়ি কাজের ছুটি, দাদা নাকি বৌদিকে কি একটা চমকে দেওয়া উপহার দেবে। এক মাসটা বৌদি বলেছে ভালোবাসার মাস , তাই নাকি ভালোবাসার মানুষ একে অপরকে উপহার দেয়। বাসন্তী ভাবে সুবল তো এসব জনেও না আর ওর কাছে পয়সাও নেই , উপহার তো দূরের কথা।

বাসন্তীর ঘুম ভাঙলো মন্টুর ডাকে

"কি গো মা, দরজা টা না বন্ধ করেই ঘুমিয়ে গেছো, যদি বাইরের লোক ঢুকে পড়তো?"

"ঘুম এসে গেছে বুঝতে পারি নি, তুই একটা ডিম এনে দে, শুধু আলু সিদ্ধ ভাত করেছি, কেরোসিন বেশি নেই, কাল একবার স্কুল যাওয়ার আগে এনে দিস বাবা, নইলে রান্না হবে না" বাসন্তী কথাটা বলে বিছানার নিচে থেকে একটা পাঁচ টাকার কয়েন বার করে মন্টুর হাতে দেয়। মন্টু টাকাটা নিয়ে হাওয়াই চটি টা গলিয়ে বেরিয়ে যায়।

বাসন্তী সিদ্ধ আলু ছাড়িয়ে আলু ভাতেটা মেখে ঢাকা দিয়ে রাখে। ছেলেটা সেই কখন দুটি মুড়ি খেয়ে পড়তে গেছে খিদে তো পাবেই। কিন্তু এতক্ষণ তো লাগার কথা নয়, দোকান টা রাস্তার মোড়েই। কিছু বিপদ ঘটলো না তো। মা এর মনটা যেনো কু গাইলো। সুবল তো ঝগড়া করে গেলে রাতে নেশা করেই আসে তাই ওর আসার কোনো আশা নেই। মাঝে নেশাটা খুব বেড়ে গিয়েছিল। একদিন খুব ঝামেলা করে মন্টুকে নিয়ে মায়ের বাড়ি চলে যাওয়ার পর অনেক দিব্যি দিয়ে ফেরত এনেছিল আর মন্টুর মাথায় হাত দিয়ে বলেছিল সপ্তাহে একদিন ছাড়া আর নেশা করবে না। তবে যেহেতু আজ ঝগড়া হোয়েছে তাই আজ সুবল খেয়েই আসবে এটা ও ভালো করেই জানে। নিজের শরীর খারাপের কথাটা বাসন্তীর আর মনে রইলো না। ঘরটা বন্ধ করে রাস্তায় বেরোলো। মুদির দোকান টা রাস্তার মোড়ে। একটু এগিয়ে যেতেই মন্টুর বন্ধু বিশুকে দেখতে পেল,

"এই বিশু মন্টু কি তোর সাথে কোথাও গেছে?"

2

তোমার জন্য

বাস থেকে নেমে বাপি অবাক হয়ে গেল। সত্যি চেনাই যাচ্ছে না তার ছোট বেলার গ্রাম টা কে। প্রায় সাত বছর পর সে আবার গ্রামে ফিরল। নেমে রিক্সা করতে পারতো কিন্তু ওর হেঁটে যেতেই ইচ্ছে হলো , যেতে যেতে সেই ছোট বেলার কথা বারবার মনে পড়ে যাচ্ছিল। বংশী দের বাড়ির কাছ দিয়ে যাওয়ার সময় ইচ্ছে হচ্ছিল সেই আগের মত হাঁক পেড়ে ডাকে

"এই বংশী এখনো ঘুমোচ্ছিস নাকি বাইরে আয়"

কিন্তু ওর জানাই ছিলো না বংশী এখনো ওই বাড়িতেই আছে কিনা , তাই বংশীর বাড়ি ছাড়িয়ে ও এগিয়ে গেল, এবার পিছন থেকে একটা চেনা কাঁপা কাঁপা স্বর শুনে ঘুরে দেখল ভুবন কাকু

"কাউকে খুঁজছেন ? নামটা বলুন আমি বলে দিতে পারব"

বাপি বেশ কিছুক্ষণ ভুবন কাকুর দিকে তাকিয়ে রইল, মানে ভুবন কাকুকে দেখে ওর মুখ দিয়ে কথা বেরোচ্ছিল না। এই অশীতিপর বৃদ্ধ ভুবন সামন্ত হল বাপির বাবার ছোটবেলার বন্ধু। এখন চেহারার যা অবস্থা চেনা দুর্দায়। তবে এই মানুষটাকে বাপি কখনো ভুলতে পারবে না। বাপি ছোটবেলায় কত বায়না করেছে এই কাকুর কাছে । আসলে বাপীদের পরিবারের আর্থিক অবস্থা খুবই খারাপ ছিল, সে তুলনায় ভুবন বাবুর অবস্থা মোটামুটি খেয়ে পড়ে চলে যেত। নিজে লেখাপড়া না জানলেও মেয়েদের লেখাপড়া শেখানয় খুব উৎসাহ ছিল ভুবন বাবুর । আর বড় মেয়ে সন্ধ্যা এতটাই মেধাবী ছিল যে স্কুলের মাস্টারমশাইরা বিনা পয়সায় ওকে পড়িয়ে দিতেন, তাছাড়া সরকার থেকে বৃত্তি ও পেত। এই বড় মেয়েকে নিয়ে ভুবন বাবুর গর্বে বুক ভরে যেত। রেজাল্ট বেরোনোর দিন সবাইকে আগে থেকেই বলে দিত

"তোরা দেখবি আমার সনু স্কুলে ফার্স্ট হবে"

আর সত্যি সত্যিই সন্ধ্যা প্রতি বার ক্লাসে প্রথম হত। তবে ভুবন বাবুর ছোট মেয়েকে নিয়ে খুবই চিন্তা ছিল। সে পড়াশোনা তো করেই না, তার উপর গ্রামের লোকেদের কাছে রোজই কিছু না কিছু ক্ষতির কথা শুনতে হতো ওনাকে। ভুবন বাবুর বউ প্রথম থেকেই বেশ রুগ্ন প্রকৃতির ছিলেন ।ঘরের কাজকর্ম বেশিরভাগটাই সন্ধ্যা আর ভুবন বাবুই করতেন। ছোটো মেয়ে ভারতী শুধু সারাদিন বাইরে ঘুরেই দিন কাটিয়ে দিত। ভুবন বাবু কিছু বলতে গেলেই সন্ধ্যা বলে উঠতো

"ছাড়ো না বাবা, ওর কি এখনো কাজ করার বয়স হয়েছে? দেখো আর একটু বড় হলে ও ঠিক ঘরের সব কাজ কর্ম শিখে নেবে"

ভুবন বাবু এতে রেগে গিয়ে বলতেন

"তুই ওই আশাতেই থাক, শুনে রাখ এই মেয়ে কোনদিন কোন কাজেই শিখতে পারবে না আমি বলে রাখলাম"

তবে এতে ভারতীর কোন হেলদোল ছিল না। এইসব কথার মধ্যেই ও ছুটে বাইরে খেলতে চলে যেত। সন্ধ্যা মুচকি হেসে বলত

"আজ তাড়াতাড়ি ফিরবি আমি তোকে অংক শেখাবো"

সন্ধ্যা জানতো ভারতীর অংকতে খুব ভয় তাই ওকে ভয় দেখানোর জন্য বার বার অংক শেখানোর কথা বলতো।

বাপি একটু এগিয়ে গিয়ে ভুবন বাবুর পায়ে হাত দিতে যেতেই উনি অবাক হয়ে প্রশ্ন করলেন

"আপনি কে আমি তো চিনতে পারছি না বাবা?"

এবার বাপি ওনার সামনে হাঁটু গেড়ে বসে বললো

"কাকু আমি বাপি, তুমি চিনতে পারছ না ? আমি সনাতন মুখার্জির ছেলে, এবার বুঝেছো? তোমার সেই ছোটবেলাকার বন্ধু সনত হল আমার বাবা"

"তুই বাপি? সত্যি আমি তোকে চিনতে পারি নি কিছু মনে করিস নে বাবা"

ওদের কথা বলতে দেখে ঘরের ভেতর থেকে এক ভদ্রলোক বাইরে এসে দাঁড়ালো। বাপি এনাকে চেনে না। ভুবন বাবু সেই ভদ্রলোকের দিকে তাকিয়ে বললেন

"পল্টু একটা চেয়ার এনে দাও আর সনুকে বল যেন চা করে নিয়ে আসে"

এবার বাপির মুখের দিকে তাকিয়ে বললেন

"পল্টু হল আমার বড় জামাই, সনুর বর, তুই তো অনেক বছর পর এলি, তাই চিনবি না"

বাপি দেখে ভুবন বাবুর কথা বলতে বেশ কষ্ট হচ্ছে। মাঝে মাঝে খুব জোড়ে শ্বাস নিয়ে আবার কথা বলছেন। তবু জিজ্ঞেস করে

"কাকিমা কেমন আছে?

এবার আকাশের দিকে তাকিয়ে ভুবন বাবু বলেন

"সে ঐখানে, বছর তিন হয়ে গেলো"

বাপি শেষবার যখন এসেছিল কাকিমা ওর সাথে ভালো করে কথাই বলতে পারে নি। অসুখটা খুব বেড়েছিল। তবে কলকাতার হাসপাতালে ভর্তি হওয়ার পর যে কিছুটা ভালো হয়েছিলো সে খবরটা বাপি ওদের গ্রামের প্রবীর এর কাছে পেয়েছিল। আসলে প্রবীর আর বাপি এক সাথেই স্কুলে পড়াশুনা করেছিল আর এখন অফিসও প্রায় ঢিল ছোঁড়া দূরত্বে। প্রবীর কলকাতায় মেসে থেকে চাকরি করলেও মাসে একবার গ্রামের বাড়িতে আসে। বউ শম্পার উপর বাবা মায়ের ভার দিয়ে ও নিশ্চিন্ত। শম্পা খুব সংসারী মেয়ে। প্রবীর নিজেকে খুব ভাগ্যবান মনে করে শম্পাকে পেয়ে।

বাপি দ্যাখে সনুদি চা নিয়ে এসে দাঁড়িয়েছে। চেনাই ভার। এই কয়েক বছরে যেনো বেশ বুড়িয়ে গেছে। সেই হাসি খুশি সনু দি একসময় বাপির মুখের হাসিটাই ছিনিয়ে নিয়েছিল। বাপির এই গ্রাম ছাড়া র একমাত্র কারণ এই ভদ্র মহিলা। কারণ সন্ধ্যা ই শুধু জানতো বাপি আর ভারতীর ভালোবাসার কথা। ও চায় নি ভারতী বাপির মত এক গরীব ঘরের ছেলেকে বিয়ে করে নিজের জীবন টা নষ্ট করে, অন্তত ওর মতে তাই। বাপি হাজার বার বুঝিয়েও কোনো ফল হয় নি। বাপি শুধু বলেছিল চাকরি পেয়ে তবেই ভারতীর বাবা মাকে কথাটা বলবে। কিন্তু সন্ধ্যা বাপির মুখের উপর সটান বলে দিয়েছিল

"তুই কি ভাবছিস, আমার সরল বোন টাকে ভুল বুঝিয়ে ওর জীবন টা নষ্ট করে দিবি? শুনে রাখ তোর মত হত দরিদ্র ছেলের সাথে কখনোই বাবা ভারতীর বিয়ে দেবে না, খবরদার আমার বাবাকে কিছু বলবি না, মায়ের অসুখ নিয়ে ওনার রাতের ঘুম চলে গেছে, আর তুই এসব জানালে হয় তো আর বেঁচেই থাকবে না"

বাপি এই শেষের কথাটা শুনে আর কোনো কথা বলে নি। নিজের মনে প্রতিজ্ঞা করে ছিলো যদি জীবনে কোনোদিন সনুদির কথা মত ধনী হতে পারে তবেই আবার ওদের বাড়ি আসবে, নইলে সারা জীবন বিয়ে না করেই থাকবে। ভারতী খুব কান্নাকাটি করেছিল বাপি শহরে যাওয়ার সময় কারণ বাপি ওর বাবা মাকেও সঙ্গে করে নিয়ে গিয়েছিল। ভারতী বুঝেছিল সনুদী র করা অপমান টা বাপিকে সারাদিন কুরে কুরে খাচ্ছিল। তাই ও শুধু চোখের জলেই বাপিকে বিদায় দিয়েছিল, একবারের জন্য বলে নি ফিরে আসার কথা। তবে বাপির কাছে ভারতী অবশ্যই একটা প্রমিজ করেছিল। বলেছিল

"তুমি না এলেও আমি শুধু তোমারই থাকবো, আমি শুধু তোমার জন্য"

এরপরের যুদ্ধটা বাপির খুব কঠিন ছিলো। নানা জায়গায় চাকরির জন্য পাগলের মত চেষ্টা, কারণ পুঁজি টাকা হ হ করে শেষ হলে যাচ্ছিল। কিন্তু পরিশ্রমের ফল ভগবান বাপিকে দিয়েছিলেন। রাজ্য সরকারের এক সংস্থায় চাকরি হলো। এর মধ্যেই কেটে গেছে অনেক সময়। ভারতীর কথা ওর হৃদয়ে গাঁথা। বাবা মা বিয়ের জন্য বললেও ও যে কোনো ভাবে এড়িয়ে যায়। তবে প্রবিরের থেকে মাঝে মাঝে ভারতী কেমন আছে জানতে চায়। ভেবেছিল আর বিয়ে থা করবে না কিন্তু প্রবীরের মুখে ভারতীর অসুখের

কথা শুনে ও আর স্থির থাকতে পারলো না।

সন্ধ্যা পরে বুঝেছিল বাপি সত্যিই ভালোবেসেছিলো ভারতী কে, ওর এতটা খারাপ ব্যবহার করা উচিত হয় নি। কিন্তু সেটা বলার জন্য বাপিকে সামনে পায় নি। এখন আর দেরি না করে বাপিকে ইশারায় ঘরে আসতে বলে।

"দ্যাখ বাপি আমি তোকে অনেক খারাপ কথা বলেছি, আমাকে ক্ষমা করে দিস পারলে, জানিস ভারতীর জীবন টা আমার জন্যই নষ্ট হলো"

বলেই বাপির হাত টা ধরে হাউ হাউ করে কাঁদতে থাকে সন্ধ্যা।

"আমি ওকে নিয়ে যেতে এসেছি সনু দি, তোমরা যদি রাজি থাকো তো মন্দিরে বিয়ের পর আমি ওকে কলকাতায় নিয়ে যাবো"

বাপি জানে কেনো সন্ধ্যা কাঁদছে। ও জানে ভারতীর ক্যান্সার ধরা পড়েছে, ডাক্তারের মতে বড়ো জোর তিন মাস সময় আছে।

ভারতী বিছানায় যেনো মিশে গেছে। তাও রুগ্ন মুখে হাসি ফুটলো বাপিকে দেখে

"এত দিন পর আসার সময় হলো, এবার তো আমাকে চলে যেতে হবে"

বাপি চোখের জলকে আর বাঁধ মানতে পারলো না। ভারতীর হাত টা ধরে কেঁদে ফেলল। ভারতী একদৃষ্টে চেয়ে রইলো তার ভালোবাসার মানুষটার দিকে।

"তুমি ঠিক সুস্থ হয়ে যাবে ভারতী, আজ আমি তোমায় বিয়ে করে আমার কলকাতার বাড়ি নিয়ে যাবো"

শুকনো মুখে যেনো হাসি ফুটলো

"কি যে বলো, আমাকে বিয়ে করে তোমার কষ্ট বাড়বে, তুমি অন্য বিয়ে করে সংসার কারো, আমি ওপর থেকে ঠিক দেখবো, দেখো"

"আমার নিজের কাছে করা প্রমিস টা কি আমি ভুলতে পারি? তোমাকে ছাড়া আর কাউকে আমি জীবনে আনতে পারবো না"

এবার ভারতী বাপির হাত টা চেপে ধরে বলে

"আমি শুধু তোমার জন্য"

৩

ভালোবাসার বিশ্বাস

মনির মনে প্রাণে বিশ্বাস ছিল সুকান্ত দেশের যে প্রান্তেই থাকুক না কেনো, জন্মদিনে একটা অন্তত ফোন করবে। মনির একটুও ইচ্ছা ছিল না এত দূরে স্বামীকে চাকরি করতে পাঠানোর। বছর চার বিয়ে হয়েছে একদিনের জন্য বাপের বাড়ি গিয়ে থাকে নি। ওই সকালে গেছে আর বিকালে ফিরেছে। শাশুড়ি প্রায় পঙ্গু, কোনো কাজই করতে পারে না। ওদের দু বছরের ছেলে মন্টুও বাড়ী ফেরার জন্য হাঁক পাক করে। আর সুকান্ত তো যাওয়ার আগেই বলে দেয় "বিকালের আগেই বাড়ী ঢুকবে, নইলে মাথা গরম হয়ে যাবে কিন্তু"। মনির যে দুদিন বাপের বাড়ি থাকতে ইচ্ছে করে না তা নয়, তবু স্বামীর অবাধ্য হয়ে না কখনো। আসলে সুকান্ত গরীব হলেও ওদের সংসারে ভালোবাসার অভাব নেই। ছেলে হওয়ার পর হঠাৎ করে সুকান্তের অফিস টা কোনো কারণে বন্ধ হয়ে যায়। একে সংসারের দায়, তার উপর ছেলের খরচ, সুকান্ত দিশেহারা হয়ে পড়ে। কয়েকজন বন্ধুকে বলে রেখেছিলো চাকরির খোঁজ দিতে, তার মধ্যেই একজন সমর একদিন মুম্বাইতে এক চাকরির খোঁজ দেয়। মনি প্রথমে কিছুতেই রাজি হয় নি। সেলসের কাজ, তাও আবার এত দূরে, সে বেঁকে বসে কিছুতেই যেতে দেবে না। শেষে সুকান্ত অনেক বুঝিয়ে বউ কে রাজি করায়। সামনের সপ্তাহে ছয় মাস পূর্ণ হবে সুকান্তের মুম্বাই যাওয়ার। অভাব কাটলেও মনির মনে একটুও শান্তি নেই। বিয়ের পর এই প্রথম আলাদা থাকছে। ফোন করলেই আসার কথা জিজ্ঞেস করে কিন্তু সুকান্ত কেমন করে যেনো উত্তরটা এড়িয়ে যায়। আসলে সুকান্ত চায় বেশ কিছু টাকা জমিয়ে তবেই বাড়ী ফিরবে। এই কথা অনেকবার মনিকে বুঝিয়ে বুঝিয়ে ও ক্লান্ত, সে এক কথা বার বার জিজ্ঞাসা করে। তাই কথা এড়িয়ে যাওয়া ছাড়া ওর আর উপায় নেই।

সুকান্ত মুম্বাই গিয়ে এক মাসের ভিতরেই আগের চাকরি ছেড়ে এক আরো ভালো কোম্পানিতে জয়েন করেছে। মাইনে পত্র ও বেশ ভালো। প্রতি মাসে বাড়িতে টাকা পাঠানোর সময় মনিকে চিঠি লেখে। তবে তাতে আসার কথা কিছু লেখা থাকে না।

মনির মোবাইল ফোন না থাকায় বন্ধু শম্ভুর ফোনে মনির সাথে প্রায়ই কথা বলে। মনি অসুস্থ শাশুড়ি আর ছোটো ছেলের জন্য সারাদিন পরিশ্রম করে চলে। কিন্তু রাতে তার মন বিরহের জ্বালায় জ্বলে পুড়ে থাক হয়ে যায়। বাড়ির ছাদে গিয়ে আকাশের দিকে তাকিয়ে নিজের মনে মনে কত কথা বলে সুকান্তের সাথে। হঠাত কেউ দেখলে নির্ঘাত পাগলী বলবে। মাঝে মাঝে পাশের বাড়ির ছাদ থেকে রমা বৌদি চিৎকার করে ওঠে "অ্যাই, এলো চুলে ছাদে উঠেছিস কেনো, ভূতে ধরবে, আবার কার সাথে বির বির করছিস, মাথাটা থারাপ হলো নাকি?"। মনি যেনো শুনেও শোনে না। সেই এক ভাবেই কথা বলে যায়।

মনি আস্তে আস্তে ভিতর থেকে ভেঙ্গে পড়ছিল। খাওয়া দাওয়া প্রায় করতো না বলা চলে। নিজের শরীরের উপর যেনো প্রতিশোধ নিচ্ছিল। সুকান্তের ফোন এল কিন্তু স্বাভাবিক ভাবে কথা বলার চেষ্টা করতো। এভাবে মনি কয়েক মাসের মধ্যেই বিছানা নিলো। মনির মা নাতিকে নিজের কাছে নিয়ে গেলো কারণ শরীরের এই অবস্থায় ছেলের দেখা শুনা করা কষ্টকর। সুকান্তের মানী অর্ডারের সাথে এখন আর চিঠি আসে না। মনির খুব মন থারাপ হয়ে যায়। ভাবে জন্মদিনে সুকান্ত ঠিক আসবে সে যেভাবেই হোক। তাই ডাক্তারের ওষুধ থেয়ে ওকে সুস্থ হতে হবে, বিশেষ করে ছেলেকে বাড়িতে নিয়ে আসতেই হবে, না হলে সুকান্ত সেই আগের মত বলবে "আমার কিন্তু মাথা গরম হয়ে যাবে"। কথাগুলো ভেবে নিজের মনে মনেই এক চোট হেসে নিল মনি। ছেলে বাড়ী ফিরলো বটে কিন্তু জন্মদিন পার হতে চললো, সুকান্ত তো এলোই না, একটা ফোন পর্যন্ত করলো না। মনির ইচ্ছা করছিল চিৎকার করে কেঁদে বুকটা হালকা করতে কিন্তু তা সম্ভব নয়। প্রায় দশটা বেজে গেছে, রাত বারোটার পর এই দিনের তারিখটা পাল্টে যাবে, ওর জন্মদিন থাকবে না। তবু মন যেনো সুকান্তের আসার আশা কিছুতেই ছাড়তে পারছে না। পৌনে বারোটা দেখে একটা দীর্ঘশ্বাস ফেলল মনি, অশ্রু ভরা চোখে চাঁদ টাকে কেমন ঝাপসা মনে হলো। নিজেকে নিজেই সান্ত্বনা দিল, "এই চাঁদটা তো সুকান্ত দেখতে পাচ্ছে, আমিও দেখছি"। উঠে দাঁড়ালো কিন্তু কে যেনো পিছন থেকে জড়িয়ে ধরে ওর চোখটা চাপা দিয়ে বলে উঠলো "হ্যাপি বার্থডে মনি"। হ্যাঁ সুকান্ত ফিরেছে তার বউয়ের জন্মদিনে। মনির মন তাকে ভুল বলে নি। এটাই ভালোবাসার বিশ্বাস। সুকান্ত না বলে এসেছে মনিকে সারপ্রাইজ দেবে বলে তবে এত দেরি ট্রেন লেটের জন্য। মনির সেই খুশি মুখটাই এভাবে দেখতে চেয়ছিল সুকান্ত।

4

অন্তরের ভালোবাসা

সমু পিছন থেকে বনিকে জাপটে জড়িয়ে ধরে কাঁধে মুখটা ঘষতে ঘষতে বলে "তুই আজ যাস না প্লিজ, আমার খুব তোকে আদর করতে ইচ্ছা করছে"। বনি একটুও নিজেকে ছাড়িয়ে নেওয়ার চেষ্টা না করেও বলে ওঠে "এই ছাড় ছাড়, কেউ দেখে ফেলবে"। এতক্ষণে সমু আর নিজের বশে নেই, বনির কোনো কথাই তার কানে ঢুকছে না। নিজেকে সমুর হতে সঁপে এক দারুন তৃপ্তি হচ্ছিলো বনির। আদিম খেলায় সাক্ষী থাকছিল ঘরের ব্রিটিশ জামানার ঢাউস ঘড়িটা। সে ঢং ঢং করে জানিয়ে দিলো ন'টা বাজে। বনি এবার সমুর বুক থেকে মুখ উঠিয়ে বলে উঠলো "এ্যাই ছাড়, ন টা বাজলো, সিরিয়াল শুরু হয়ে যাবে" সমু আরো জোরে বুকে চেপে ধরে প্রশ্ন করে "আমি আগে, না তোর সিরিয়াল দ্যাখা আগে?" বনি এবার জোর করে নিজেকে ছাড়িয়ে মুখ টিপে হেসে উত্তর দেয় "তুই তো আছিস, কিন্তু এই এপিসোড কি পরে হবে? সমু কপট রাগ দেখিয়ে বলে "আচ্ছা, আমি সত্যি করে চলে গেলে বুঝবি, আর ফিরবো না" বনি নিজের এলোমেলো শাড়ি ঠিক করতে করতে বলে "কোথায় যাবি, আমার সতীনের কাছে?" সমু এর উত্তরে কিছু বলতে যাচ্ছিল কিন্তু বনি আর শুনলো না দরজা খুলে মায়ের ঘরে গিয়ে ঢোকে টিভি দেখার জন্য। সমু একটা সিগারেট ধরিয়ে জানলায় গিয়ে দাঁড়ায়। আকাশে পূর্ণিমার চাঁদের জোৎস্নায় ভরা রূপ যেনো উপচে পড়ছে। মনে পড়লো কাল দোল। বনি বলেছিল রং আর মিষ্টি আনতে। জামাটা গায়ে দিয়ে টেবিলে রাখা পার্শে দেখলো কত টাকা আছে। মনে মনেই বির বির করলো "হয়ে যাবে, যা আছে"। সদর দরজা ভেজিয়ে বার হলো রং আর মিষ্টি কিনতে। বনি আর সমুর মা সিরিয়াল দেখতে এতই বিভোর যে সদর দরজা ভেজানোর শব্দও পেলো না। হঠাৎ পাড়ার বিশু সটান বাড়িতে ঢুকে পড়ায় শাশুড়ি বউ দুজনেই অবাক, "কি রে, হাঁপাচ্ছিস কেনো" সমুর মা প্রশ্ন করে। বিশু মুখটা কাঁচু মাচু করে বলে "তোমরা চলো, সমুদার অ্যাক্সিডেন্ট হয়েছে" বনির মাথা ঘুরে টাল খেতে যাচ্ছিল, বিশু ধরে খাটের ওপর বসিয়ে দিয়ে বলে "বৌদি, তুমি এমন কোরো না,

মাসিমা ভয় পাবে, চলো, হসপিটালে নিয়ে গেছে" সমুর মা যেনো কয়েক মিনিটেই পাথর হয়ে গেছে। বনি আর দেরি না করে বিশুর সাথে হাসপাতালে গেলো। আরো কয়েকজন পাড়ার ছেলে সাথে গেলো। চোট বেশ গুরুতর নয়, তবে কয়েকদিন বিশ্রামে থাকতে হবে। বনি এমার্জেন্সি তে স্ট্রেচারে শোয়া সমুর কপালে হাত রাখলো। চোখের জল যেনো আর বাধা মানছে না। ভেবেছিল সমুর সামনে একটুও কাঁদবে না, তাতে ওর মন দুর্বল হয়ে পড়বে কিন্তু পারলো না। সমু এত কষ্টের মধ্যেও ঠোঁটের কোনে ঈষৎ হাসি এনে বললো "দেখলি তোর সিরিয়ালের আগে আমি, চিন্তা নেই, এত তাড়াতাড়ি তোকে ছেড়ে আমি যাবো না" বনির মনে পড়লো সিরিয়াল দেখার জন্য তার ছেলেমানুষী। মুখটা বেশ গম্ভীর করে বললো "তুই সুস্থ হলে, তুই পরে, সিরিয়াল আগে"। দুজনের এই তামাশা দেখে বিশুও হাসে। বনি তার সমুকে হারাতে বসে টের পেলো প্রিয় মানুষের মূল্য অনেক সময় বোঝা যায় না কিন্তু সে কতটা দামী তার ঠিক হিসাব রাখে অন্তর।

৫

বিশ্বাস

সলিল ঘরে ঢুকেই বেশ টের পেলো কিছুক্ষণ আগেই একটা খন্ড যুদ্ধ হয়ে গেছে মা মেয়েতে। এটা তার পরিবারে একটা নিত্য নৈমিত্তিক ব্যাপার যদিও, তাও ছোট মেয়ে নীলুকে না জিজ্ঞেস করে পারলো না "কি রে, আজ আবার কি নিয়ে লাগলো মা মেয়েতে?" নীলু খাটের ওপর বাবু হয়ে বসে পড়া মুখস্থ করছিল। বাবার প্রশ্নে পড়া থামিয়ে বলে উঠলো "বিয়ে নিয়ে, আর জিজ্ঞেস কোরো না, অনেক পড়া বাকি"। কথাটা বলেই আবার পড়তে শুরু করলো। সলিল আর কিছু না বলে পাশের ঘরে গিয়ে বউকে জিজ্ঞেস করলো "কি গো, মুখটা এমন লাগছে কেনো, শরীর খারাপ নাকি?" আসলে সরাসরি ঝগড়ার কথা জিজ্ঞেস করলে অনেক বেশি মুখ ঝামটা খেতে হবে,অবশ্য পঁচিশ বছরের দাম্পত্য জীবনে বউয়ের মুখ ঝামটা ওর অভ্যাস হয়ে গেছে, তবু শুরু টা এভাবেই করে প্রতিবার। বউ শুক্লার যেনো আগুনে ঘি পড়লো সলিল এর প্রশ্নে "হ্যাঁ, আমার আর বেঁচে থেকে কোন লাভ নেই, বড় মেয়েকে তো লাই দিয়ে মাথায় তুলে বসে আছো, এখন বলছে তমাল না ফিরলে সে নাকি আর কাউকেই বিয়ে করতে পারবে না, ধন্যি মেয়ে বটে তোমার" সলিল আর বেশি কথা বাড়ালো না কারণ সে যা বোঝার তা ভালো ভাবেই বুঝে গেছে।

সলিলের বড় মেয়ে পারুল পড়াশুনা শেষ করে একটা প্রাইভেট স্কুলে শিক্ষকতা করে। মেজো মেয়ে শিমুল ছোটো থেকেই মামার বাড়িতে মানুষ হলেও সম্প্রতি তাদের কাছেই আছে। আসলে পারুল আর শিমুল পিঠোপিঠি বলে শুক্লা সামলাতে পারতো না। তাই দেখে শুক্লার মা নাতনিকে এতদিন নিজের কাছেই রেখে মানুষ করেছে। কয়েক মাস আগে শুক্লার মা মারা যেতে সলিল মেয়েকে মামার বাড়ি থেকে নিজের কাছে নিয়ে এসেছে। সলিল খুব অভাবের মধ্যেই মেয়েদের মানুষ করলেও তাদের পড়াশোনায় কোনো খামতি হতে দেননি। বাড়ী ভাড়া ছাড়া নিজের রোজগার বলতে ছোটো খাটো কম্পাউডারি। এক সময় এক ডাক্তারের চেম্বারে কাজ করায় কিছু কিছু শিখেছিল, সেটা

এখন কাজে লাগায়। তবে তাতে টেনেটুনে সংসারটা যাহোক করে চলে যায়

পারুল স্কুলে চাকরি পাওয়ার পর একটু স্বস্তি। তবে মেয়ের বিয়ে নিয়ে সলিল আর ওর বউয়ের খুব চিন্তা। চিন্তার একটা বড় কারণ ওদের পাড়ার তমাল। ছেলেটা যদি থাকতো তাহলে তো চিন্তা ছিল না কিন্তু বলা যেতে পারে সে নিরুদ্দেশ। তমাল মিলিটারি তে জয়েন করে বার দুয়েক বাড়ী এসেছিল, আর তখনই সলিল জানতে পারে পারুল আর তমাল নাকি অনেকদিন ধরেই দুজন দুজনকে ভালোবাসে। পারুলের মায়ের কোনো আপত্তি ছিল না। বিয়ের কথা পাকা হয়ে যায় দুই পরিবারের উপস্থিতে। বিয়ের দিনও স্থির হয়। কিন্তু তমাল কে জানানো সত্ত্বেও সে ছুটি পাবে না বলে ওইদিন বিয়ে নাকচ করে দেয়। এই নিয়ে দুই পরিবারের মধ্যে মন কষাকষি শুরু। কিন্তু পারুলের কোনো ক্ষেপ ছিল না। তাই তো একদিন মায়ের এক প্রশ্নে উত্তর দিয়েছিলো "তুমি কি করে ভাবলে, তমাল বিয়ে না করার জন্য ছুটি না পাওয়ার বাহানা করছে" শুক্লা বেশ ঝাঁজের সাথে উত্তর দিয়েছিলো "দেশে কি আর চাকরি নেই? পড়াশোনায় তো খুব ভালো, একটা অন্য কোনো চাকরি খুঁজে নিতে পারলো না?" পারুল ঈষৎ হেসে বলে উঠলো "তোমার মতো যদি সবার মা হতো তাহলে দেশকে রক্ষা করাই মুশকিল হয়ে পড়তো, মা তমালের জন্য আমার গর্ব হয়, তোমরা আমার বিয়ের জন্য এত চিন্তা কোরো না, ওর এখন অনেক কাজ" কথা শেষ হওয়ার আগেই শুক্লা বলে উঠলো "চিন্তা তো থাকবেই, শিমুলটার ব্যবস্থাও তো করতে হবে না কি? এখন নীলু ছোটো হলেও তার চিন্তাও আছে, তুই শুধু তোর চিন্তাই করিস, বোনদের কথাও ভাবতে হবে বুঝলি?"

আরো একবার তমাল বিয়ের জন্য ছুটি পেলো না। তখন কাশ্মীর নিয়ে দেশে উথাল পাথাল চলছে, ছুটি মঞ্জুর হলো না। পারুল শুনে যেনো কিছুই হয় নি এমন করে ফোনে তমালকে এই বলে আশ্বস্ত করলো যে সে সারাটা জীবন তার অপেক্ষা করে কাটিয়ে দিতে পারে হাসি মুখে, তাই তমাল যেনো তার দায়িত্ব সম্পূর্ণ করেই ফেরে। মেয়ের মুখে এই কথা শুনে শুক্লার রাগে গা জ্বলে উঠলো। মেয়েকে হাজার কথা শুনিয়ে প্রাণ একটু ঠান্ডা করলো। পারুলকে বারবার বোঝালেও সে এক কথায় বলতে থাকে "তমালকে আমার চেয়ে বেশি এখন দেশের প্রয়োজন, ওকে ওর কাজ করতে দাও, আর শিমুলের বিয়ে দিয়ে দাও, ও কেনো আমার জন্য সাফার করবে?"

পারুলের কথাই ফলে গেলো। শুক্লা ভালো পাত্র হাতছাড়া করলো না। শিমুলের বিয়ে হয়ে গেলো। তমালের ফোন বেশ কিছুদিন ধরেই সুইচড অফ বলছে। এই নিয়ে তার বাড়িতে সবাই খুব চিন্তায় আছে। পারুলও কেমন যেনো চুপচাপ হয়ে গেছে। আগের মত আর কথা বলে না। শুক্লা অবশ্য বিয়ের কথা বলা প্রায় ছেড়েই দিয়েছে। সলিল অসুস্থ হওয়ার পর পারুলই বাইরের সব কাজ করে। আসলে শুক্লা ভেবেই নিয়েছিল তমাল আর কোনোদিন ফিরবে না। শুধু শুক্লা কেনো তমালের পরিবারও প্রায় তার আসার আশা ছেড়েই দিয়েছিলো। সেই সময় শত্রু দেশের হাতে বেশ কিছু সৈন্য বন্দী হওয়ার খবরে সবার এই ধারণা বদ্ধ হয়। কিন্তু পারুল একথা বিশ্বাস করতো না। কেউ আরো

এককাঠি এগিয়ে বলতো "ও দেশের জন্য শহীদ হয়েছে, তুই এবার বিয়ে করে সংসার কর, তার জন্য অপেক্ষা করতে করতে তো বুড়ি হয়ে যাবি"। পারুল এ কথার উত্তরে বেশ মেজাজ দেখিয়ে বলতো "তোর তাতে কি, আমি বুড়ি হয়ে গেলেও ও আমাকে বিয়ে করবে, এটা জেনে রাখিস"।

সত্যি পারুলের বিয়ের বয়স পেরিয়ে গেলো। দুই বোনের বিয়েও হয়ে গেলো। পারুলের বিশ্বাস এক ফোঁটাও টাল খেলো না। যেনো আরো বেশি দৃঢ় হয়ে উঠল। তমাল ফেরার আশায় পাতলা হয়ে যাওয়া চুলে বেনি করে, ফ্যাকাসে মুখে পাউডার বুলিয়ে কপালে ছোট্ট একটা টিপ পরে সেজে জানালার গরাদ ধরে দু চোখের তৃষ্ণার্ত দৃষ্টি নিয়ে ফ্যাল ফ্যাল করে তাকিয়ে থাকতো পথের দিকে। মন বলতো যদি সে বেঁচে থাকে তাহলে একবার আসবেই। পারুলকে দেখে এখন সবাই হেসে বলে "এই হলো কপাল, সময়ে বিয়ে করলো না এখন সং সেজে নতুন প্রেমিক ধরার জন্য দাঁড়িয়ে আছে, দেখে গা পিতি জ্বলে যায়"। পারুল এসব কথা যেনো শুনেও শোনে না। তার মন তমালকে বিশ্বাস করতে চায়, তাতে যে কোনো মূল্য দিতে হয় দেবে, কিছুতেই পিছপা হবে না। মৃত্যুর আগে যদি দেখা না হয়, তো পরের জন্মে সে নিশ্চয়ই তমালকে পাবে।

তার নির্ভেজাল বিশ্বাস সত্যি হলো, তমাল ফিরে এলো একদিন, তবে শত্রু দেশ তাকে রেহাই দিলেও শরীরকে রেহাই দেয় নি। তাদের অমানুষিক অত্যাচারে সে পঙ্গু হয়ে ফিরেছে। পারুল যে তার জন্য এতদিন অপেক্ষা করে আছে এটা তার বিশ্বাস করতে অনেক সময় লেগেছিল। দুজনের চোখের জল আর কোনো বাধা মানে নি। পারুলের দৃঢ় বিশ্বাস আর অটুট ভালোবাসায় ও মনের মানুষকে নিজের করে পেয়েছিল।

6

ভালোবাসার কথা

ভালোবাসার কথা লিখতে বসে স্মৃতির পটে ভেসে এলো এক অন্যরকম ভালোবাসার কাহিনী। মাঝে মাঝে ভাবি ভালোবাসার উৎস স্থল একটাই, মন বা হৃদয় কিন্তু ভালোবাসার কত প্রকারভেদ। বাবা মায়ের প্রতি ভালোবাসা, স্ত্রী বা স্বামীর প্রতি, ভাই বা বোনের প্রতি, প্রেমিক বা প্রেমিকার প্রতি, সর্বোপরি বন্ধুর প্রতি ভালোবাসা। তবে আজ যে ভালোবাসার কথা বলবো সেটা এর কোনটার সাথেই মেলে না। আমি চাকরি সূত্রে বেশ কয়েক বছর দুর্গাপুরে ছিলাম। অফিস থেকে পাওয়া কোয়াটার এ জিনিসপত্র গোছাতে তিন চারদিন লাগলো। আমার রান্না বা ঘরের কাজে সাহায্য করার জন্য নিলু নামে একটি ছেলে ছিল। বেশ কয়েকদিন ধরে লক্ষ্য করলাম একটি দশ বারো বছরের মেয়ে দরজার কাছে দাঁড়িয়ে থাকে। বেশ ভূষা দেখে ভিখারী একেবারেই মনে হয় না। সারা সপ্তাহে অফিস আর বাড়ী করেই সময় কাটে তাই মনে করে নীলুকে জিজ্ঞেস করা হয় না মেয়েটির সম্বন্ধে। রবিবার পুব দিকের জানালা টা খুলতেই নজরে পড়লো মেয়েটি রাস্তা থেকে ঘরের দিকে এক দৃষ্টে তাকিয়ে আছে। আমি এবার নীলুকে জিজ্ঞেস করলাম কিন্তু ও কিছুই বলতে পারলো না। নিলুও এই এলাকায় এসেছে আমার দু চারদিন আগে।। তবে মেয়েটা নিলুর নজরও এড়ায় নি এটা বুঝতে পারলাম। ভাবলাম মেয়েটাকে জিজ্ঞেস করলেই বা ক্ষতি কি। নিলুকে দিয়ে মেয়েটিকে ডাকতে পাঠালাম কিন্তু নিলু জানালো কাছে যেতেই সে ছুটে চলে গেছে। আমি ওই চিন্তা মন থেকে বার করে দিলাম। বিদেশ বিভুইয়ে কোন ব্যাপারে ফেঁসে যাবো তার ঠিক নেই। নিজেই নিজের কৌতুহল দমন করলাম। এরপর

এক রবিবার সকালে সবে ঘুম থেকে উঠে চা নিয়ে বাগানে বসেছি, এক ভদ্রলোক বাড়িতে ঢুকে আমাকে হাত জোড় করে নমস্কার জানালেন। আমিও প্রতি নমস্কার করে ওনার পরিচয় জিজ্ঞেস করলাম। জানলাম উনি কিছুদিন মেয়ের বাড়ি ছিলেন, আগের দিন ফিরেছেন, আমার দুটো বাড়ীর পাশেই থাকেন। আজ আলাপ করতে এসেছেন। এত

সকালে আসার জন্য বারবার ক্ষমা চাইলেন। ভদ্রলোক দেখলাম খুব বিনয়ী। চাকরি থেকে অবসর নিয়েছেন প্রায় বছর দুই। ভদ্রলোকের সাথে কথা বলার সময় দরজার কাছে আবার মেয়েটিকে দেখতে পেলাম। আমি কিছু বলার আগেই দেখি ভদ্রলোকটি আমাকে জিজ্ঞাসা করলেন "ও এখনো রোজ এই বাড়িতে আসে?" আমি যেনো কিছুটা অবাক সুরে ওনাকে জিজ্ঞেস করলাম "আপনি চেনেন নাকি মেয়েটিকে?" ভদ্রলোক বলে উঠলেন "হ্যাঁ বিলক্ষণ চিনি, ওর নাম করবী, ওরা আগে এই কোয়াটারেই থাকতো, ওর বাবা একটা অ্যাক্সিডেন্টে মারা যাওয়াতে এখন কোয়াটার ছেড়ে মামার বাড়ির পাশে থাকে। আপনি আসার আগে এই কোয়াটার বেশ কিছুদিন খালি পড়েছিল, তখন তো করবী সারাটা দিন এই বাগানে পড়ে থাকত, শেষে ওর মা অনেক বকাবকি করে নিয়ে যেত, কিন্তু পরদিন আবার যে কে সেই" আমি ওনার কথা থামিয়ে বলে উঠি "কিন্তু এখানে ওর এত টান কেনো, কি জন্য আসে এই বাড়িতে?" ভদ্রলোক একটু চুপ করে থেকে বলে উঠলেন "তাহলে শুনুন, করবী হওয়ার আগে ওর বাবা একটা কুকুর পুষেছিল, বেশ ভালো জাতের, করবী বড় হয়েছে ওই জিমির সাথেই খেলে কারণ ছোট্ট করবি কে একা বাড়িতে রেখে ওর মা বাজার দোকান করতে চলে যেত, ফিরে এসে দেখতো জিমি তখনও তার ডিসে রাখা খাবার খায় নি, ঠায় বসে আছে। আমরা সবাই অবাক হয়ে যেতাম জিমির এই ভালোবাসা দেখে। করবীও খুব ভালোবাসত জিমিকে, কোনো নিমন্ত্রণ বাড়িতে গেলে নিজে না খেয়ে জিমির জন্য মাংস নিয়ে আসতো। সারাক্ষণ এই বাগানে জিমির সাথে খেলে বেড়াতো মেয়েটা। একদিন খবর পেলাম করবির বাবা অ্যাক্সিডেন্টে মারা গেছে। সব কাজ মেটার পর করবীর মা অফিস থেকে যা টাকা পেল তাই দিয়ে বাপের বাড়ির পাশে একটা ঘর ভাড়া করে কোয়াটার ছেড়ে দিল কিন্তু জিমিকে রাখা নিয়ে সমস্যা হলো। করবীর বাবার এক বন্ধু জিমিকে নিতে সম্মত হলে তাকেই দিয়ে দিল করবীর মা

কিন্তু জিমি কে না দেখে মেয়ে ক্রমশ অসুস্থ হয়ে পড়ায় বেশ কয়েক মাস পর সেই বন্ধুর বাড়ি গেলো জিমিকে ফিরিয়ে আনতে, কিন্তু করবী কে না দেখতে পেয়ে জিমিও অসুস্থ হয়ে পড়েছিল। খাওয়া দাওয়া করতো না। যদি কথা বলতে পারতো হয়তো তার কষ্টটা বোঝাতো। জিমি মারা গেলো। করবীর মা এই খবরটা চেপে রাখতে পারে নি, রাখলে বোধহয় ভালো হতো। করবী এখনো তার জিমিকে খোঁজে, তার গায়ের গন্ধ মাখানো এই বাড়িটা সে কিছুতেই ভুলতে পারছে না" দেখলাম ভদ্রলোকের চোখ যেনো চক চক করে উঠেছে। আমার মনে হচ্ছিলো যেমন একই গাছের ফুল নিয়ে কেউ পূজা করে, কেউ বিয়ের মালা গাঁথে আবার এই ফুলই মানুষের শেষ যাত্রায় ব্যবহৃত হয়, ফুল কিন্তু একই। ভালোবাসাও তাই হৃদয় থেকে এসে নানা ভাগে ভাগ হয়ে যায়।

7

নিষ্পাপ ভালোবাসা

রিয়া মদের গ্লাসটা হাতে নিয়ে পবনের দিকে এগিয়ে দিতে দিতে বলে "তুমি কি আমাকে ঘৃনা করছো?" পবন গ্লাসটা টেবিলের উপর রেখে রিয়ার মুখের দিকে তাকায়। চুপ থাকে কিছুক্ষণ। রিয়া এই চুপ থাকা সম্মতির লক্ষণ ভেবে আবার বলে ওঠে "হ্যাঁ আমার মত দেহ ব্যবসায়ীকে ঘৃনা শুধু তুমি কেনো, এখান থেকে এনজয় করে চলে যাওয়ার পর সব পুরুষই করে, তাতে আমার কিছু যায় আসে না, বেঁচে থাকতে গেলে আমাকে যতদিন শরীর থাকবে উপার্জন করতে হবে"

পবন যেনো বাকরুদ্ধ হয়ে গিয়েছিল। তার মনে ভাসছিল সেই ছোটবেলার অবন্তীর ছবি। পাশের বাড়ির অবন্তী প্রতিবেশী নয়, ছিল যেনো তাদের পরিবারেই মেয়ে। পবনের মা কণিকা খুব স্নেহ করতো তাকে। পবনের বোন মালার সাথে খুব ভাব ছিলো। সারাদিন দুটিতে রান্না বাটি খেলায় মেতে থাকতো। পবন আর ওর ভাই কতবার ওদের পুতুলগুলো নিয়ে গিয়ে গাছের ডালের সাথে দড়ি বেঁধে ঝুলিয়ে দিয়ে বলেছে "তোদের মেয়েগুলো সব গলায় দড়ি দিয়েছে"। শুনে দুজনের কান্না সামলাতে কণিকাকে রান্না ফেলে তড়িঘড়ি আসতে হয়েছে। এইরকম কতো ঘটনা ভেসে উঠছে পবনের স্মৃতিপটে। এবার যেনো ঘোর ভেঙে বলে উঠলো "তুই কত বদলে গেছিস অবন্তী, আগের সাথে মেলাতেই পারছি না" রিয়া হো হো করে হেঁসে উঠে উত্তর দেয় "যখন আমি নিজেই নিজেকে মেলাতে পারি না তখন তুমি কি করে মেলাবে পবন দা"

মদের গ্লাসে একটা চুমুক দিয়ে আবার বলে ওঠে "আমি অবন্তী নই, সে কবেই মারা গেছে, আমি রিয়া" পবন এতক্ষণ পরে সিগারেটের প্যাকেট টা বার করে একটা সিগারেট ধরায়। রিয়া পবন কে না বলেই ওর প্যাকেট থেকে একটা সিগারেট বার করে। পবন দেশলাই টা রিয়ার দিকে এগিয়ে ধরে বলে "তুই কি করে এখানে এলি, আমাকে বলতে আপত্তি না থাকলে বল, খুব জানতে ইচ্ছা করছে" রিয়া এর উত্তর না দিয়ে পাল্টা প্রশ্ন ছুঁড়ে দেয় "তুমি এখানে এলে কেনো, সেটাও আমার বড় জানতে ইচ্ছে করছে"। পবন

এতক্ষণ চিয়ারে বসেছিল এবার খাটে এসে বসে বললো "আমি কয়েকদিন আগে এক মেলায় ঘুরতে এসে তোকে দেখেছিলাম। কিন্তু সেদিন এত ভিড়ে তোর সাথে কথা বলতে পারি নি, তবে দূর থেকে তোর একটা ছবি তুলে নিয়েছিলাম, আর সেটা দেখে এক বন্ধু তোকে চিনতে পারে, তার এখানে যাওয়া আসা আছে, আমি কথাটা প্রথমে বিশ্বাস করতে পারি নি তাই ওই বন্ধুকে নিয়ে তোকে স্বচক্ষে দেখে গিয়েছিলাম, কিন্তু সেদিন তোর ঘরে আসি নি, আজ শুধু এইজন্যই এলাম......" কথাটা সম্পূর্ণ হওয়ার আগেই রিয়া বলে উঠলো "তবে বসে আছো কেনো, শুরু করো"। রিয়াকে প্রচও অবাক করে দিয়ে পবন তার গালে এক চড় কশালো। রিয়া দেখলো সেই আগের মত রাগে পবনের চোখ লাল হয়ে গেছে। রিয়া যেনো আগের চেয়ে

অনেকটা নরম সুরে বলে ওঠে "তুমি আমার কথা শুনলে বুঝতে পারবে দোষ আমার নয়, এখানে এসেছি তোমার পরিবারের জন্যই" পবন ক্রু কুঁচকে জিজ্ঞাসু দৃষ্টিতে চেয়ে থাকে। রিয়া বলতে শুরু করে "তুমি যেদিন আমাকে বলেছিলে কলকাতায় গিয়ে একটা চাকরি জোগাড় করেই আমাকে বিয়ে করবে, সেদিন থেকেই আমি নিজেকে তোমাদের বাড়ির বউ ভাবতাম, তোমাকে মন প্রাণ দিয়ে ভালোবেসে ফেলেছিলাম। তুমি না থাকলেও সারাদিন মালার সাথে তোমাদের বাড়িই পড়ে থাকতাম। বুকে একরাশ আশা নিয়ে তোমার ফেরার অপেক্ষা করতাম। কাকিমাও এটা টের পেত আমি জানি। তাও মুখে কিছু বলত না, আমিও না।

একদিন মালা আর আমি ছাদের ঘরে কিছু সেলাইয়ের কাজ করছিলাম, তোমার ভাই বলু এসে কাকিমা ডাকছে বলে মালাকে নিচে পাঠায়, আমিও সাথে যেতে গেলে আমার হাত ধরে বাধা দেয়, তোমার থেকে দু বছরের ছোট হলেও বলু আমার বন্ধুর মতই ছিল, আমি স্বপ্নেও ভাবতে পারি নি সেদিন তোমার ভাই আমার কুমারীত্ব নষ্ট করবে। সেই শুরু, মোবাইল এ ভিডিও করে আমাকে ভয় দেখাতো। ও জানতো তুমি আমাকে ভালোবাসো তাই তোমাকে সেসব ছবি দেখিয়ে দেওয়ার ভয় দেখাতো। আমার চুপ করে থাকা ছাড়া আর কোনো পথ ছিল না। তখনও তোমার আসার আশায় পথ চেয়ে থাকতাম। কিন্তু ভাগ্য আমার সহায় ছিল না, আমি প্রেগন্যান্ট হয়ে গেলাম।অনিচ্ছা সত্ত্বেও বলুর কাছে গেলাম উপায় বাতলানোর জন্য। ওর ভয়ে মুখ শুকিয়ে গেলো। আমাকে পরেরদিন নিয়ে গেলো কলকাতায় এক নার্সিং হোমে। এবরশন করে এক বন্ধুর বাড়িতে একদিন বিশ্রাম নেওয়ার নাম করে রেখে গিয়ে আর আসে নি। আমি রাস্তা ঘাট কিছুই চিনি না, চিনলে বুঝতে পারতাম, ওটা সোনার জায়গা, মানে এখন যেখানে। আমার বাড়িতে খোঁজ করার মতো কেউ ছিলো না, তুমি তো জানো মামার বাড়ির লাথি ঝাঁটা খেয়ে মানুষ, ওরা ভাবলো আপদটা যখন নিজে থেকেই বিদায় হয়েছে, তখন আর খোঁজ করে লাভ নেই।

এতক্ষণ পরে পবন দেখলো রিয়ার কাজল পরা বড় বড় চোখে যেনো বর্ষা নেমেছে। পবন নিজের চোখকেও আর শুকনো রাখতে সমর্থ হলো না। দু হাত দিয়ে তার অবন্তীকে

জড়িয়ে ধরে বলে উঠলো "তোকে কোনো কলঙ্ক ছুঁতে পারবে না, আমার কাছে তুই আমার সেই আগের অবন্তী, তোকে বিয়ে করে এখান থেকে নিয়ে যাবো, আমি তোকে ভালোবাসি, সেই আগের মতই"।

অনেক কাঠ থড় পুড়িয়ে পবন ওই এলাকা থেকে তার ভালোবাসাকে উদ্ধার করে বিয়ে করেছিল। এক নিষ্পাপ ভালোবাসার কাছে হার মেনেছিলো গাঢ় রঙের মেকি ভালোবাসা।

৪

দিনটা ভালোবাসার

মিতা একটা কিছু বলবে বলে ঘরে ঢুকেই চিনুকে ফাইলের মধ্যে ডুবে থাকতে দেখে যেন জ্বলে উঠলো,

"তুমি আজকের দিনেও শুধু ফাইল মুখো হয়ে থাকবে? আমার জন্য কি তোমার কাছে একটুও সময় নেই? "

এত কিছু বলেও যখন দেখল চিনু শুধু একবার হু বলে আবার ফাইল এ মন দিয়েছে, এবার আর নিজেকে ধরে রাখতে পারল না, সোজা ফাইলটা হাত থেকে নিয়ে টেবিলে রেখে দিল , কিন্তু আশ্চর্য তাতেও চিনু বেশ ঠাণ্ডা মেজাজে ব্যাগ থেকে খবরের কাগজ টা বার করে পড়তে আরম্ভ করলো। এই নিয়ে চিনু আর মিতার ঝামেলা লেগেই থাকে তবে আজ মিতা একটু ভালোবেসে কিছু বলতে এসেছিল কিন্তু চিনুর ব্যবহারে এখন তার মাথায় আগুন জ্বলে গেল

"কি গো তুমি জানো আজ কিসের দিন?"

চিনু খবরের কাগজ থেকে চোখ না সরিয়েই উত্তর দিল

"কি আবার, হয় তোমার জন্মদিন যেটা বছরে 24 বার হয়ে থাকে, আর নয় তো আমাদের বিবাহবার্ষিকী, সেটাও তো বার দুই তিন বছরে বানাও তুমি তবে পল্টুর জন্মদিন নয় কারণ ওটা ছয় এপ্রিল সেটা আমার মনে আছে"

"আচ্ছা ছেলের জন্মদিন টা শুধু মনে রেখেছো বাকি আর কিছু মনে রাখার কোনো দরকার নেই তাই তো?"

এবারও চিনু চুপ। আসলে মিতা রেগে গেলে যা বলে চিনুর কানে কোনটাই ঠিক যায় না, মানে ও মিতার কথাগুলো ধর্তব্যের মধ্যেই আনে না। বছর বারো বিয়ের বয়স । সামনের বছর ওদের ছেলে পল্টু সাতে পড়বে। এখনও একান্নবর্তী পরিবার ওদের। বাবা মা আর জ্যাঠা জ্যাঠাইমা আর তাদের পরিবার, সব এক হাঁড়িতেই এখনও অবধি। অনেকে তো বলেই ফেলে

"তোদের মত পরিবার আর খুব একটা দেখা যায় না, সত্যি আর কিছুদিন পরে মিউজিয়ামে হয়ত জয়েন্ট ফ্যামিলি দেখতে যাবে মানুষ। হয়তো তাই যেভাবে নিউক্লিয়ার ফ্যামিলি হতে আরম্ভ হয়েছে তাতে পরের প্রজন্ম শুধু ছবি বা বড়দের কাছে গল্পটাই শুনবে। মিতার গলা আরো জোর হলো

"তুমি তো তোমার অফিস আর টিভি তে খেলা ছাড়া আর কোনো খোঁজ রাখো না তাই আজ কি দিন বলতে পারছ না"

"আমি না জিজ্ঞেস করলেও যে তুমি ওটা জানিয়েই ছাড়বে সেটা আমি ভালো করেই জানি?"

চিনুর এই কথাটা মিতার রাগটাকে হু হু করে বাড়িয়ে দিল। পাশে রাখা মোবাইল টা তুলে ঘর থেকে বেরিয়ে যায়। চিনু ভালো করেই জানে এবার মিতা মাকে ফোন করে বলবে

"মা আমি আজ তোমার কাছে থাকবো,

পল্টু স্কুল থেকে ফিরলে যাচ্ছি, তুমি রান্না করে রেখো, আর নয় অনেক হয়েছে, এবার আর ফিরবো না দেখে নিও"

মা মেয়ের এই আচরণের সাথে খুবই পরিচিত কারণ বছরে বার পাঁচেক তো এই ঘটনা ঘটেই। তবে মুখে শুধু আচ্ছা বলে ফোন রেখে দেবে। পরে চীনুকে ফোন করে সব জানিয়ে তবেই ওনার শান্তি।

মিতা রাগে গরগর করতে করতে এবার শাশুড়ির ঘরে গিয়ে ঢোকে, ইন্দু তখন সবে স্নান সেরে পুজোর জন্য ধুপ জ্বালতে যাচ্ছিল, মিতাকে দেখেই বলে উঠলো

"কি রে এখনও তৈরি হোস নি, পল্টুর তো ছুটির সময় হয়ে এলো"

"হ্যা যাবো তবে এবারে আর ফিরবো না, তোমার ছেলে আমার বাঁচা দুর্বয় করে দিয়েছে, আমি পল্টুকে নিয়ে বাপের বাড়িতেই থাকবো"

ইন্দু বোঝে আবার স্বামী স্ত্রী তে ঝগড়া হয়েছে, এটা তারই প্রতিফলন। মুখে শুধু বললো

"তুই যদি কয়েকদিন থাকিস তো থাক কিন্তু পল্টুর স্যার তো পড়াতে এসে ঘুরে যাবে, সেটা কি ঠিক হবে, তোদের ঝগড়ার মাঝে ওর পড়াশুনা নষ্ট হতে দিস না"

কথাটা ঠিক, পল্টুর এক নতুন অঙ্কের স্যার কে অনেক কষ্ট করে রাজি করানো গেছে পল্টুকে একা পড়ানোর জন্য, উনি তো রাজি ই হচ্ছিলেন না। কোচিনে পাঠাতে বলছিলেন কিন্তু চিনু অনেক চেষ্টা করে ওনাকে রাজি করেছে তাই পল্টু কে এখানেই হয় তো থাকতে হবে। মিতা র চিন্তা গ্রস্ত মুখটা দেখে ইন্দু এবার বললেন

"শোন তুই পল্টু স্কুল থেকে ফেরার পর কুসুমকে নিয়ে বাপের বাড়ি যাস, পরে তুই যদি না আসতে চাস তাহলে কুসুমি পোল্টুকে নিয়ে বাড়ি চলে আসবে"

শাশুড়ির এই কথাটা মিতার বেশ মনে ধরল। কুসুম ওর ননদ। জন্ম থেকেই কথা বলতে পারেনা। চিনুর থেকে প্রায় বছর পাঁচেক এর ছোট। ভগবান ওকে রূপ দিতে

কার্পণ্য করেননি কিন্তু মুখে কথাটাই দিতে ভুলে গেছেন। এত সুন্দর মেয়ে কিন্তু কথা বলতে পারে না। তাও পড়াশোনার কোনো খামতি রাখিনি পরিবার। বোবাদের স্কুল থেকে পাশ করে এখন বাড়িতেই কম্পিউটার শেখে। আসলে চিনু সব সময় বোনকে কিছু নিয়ে ব্যস্ত রাখতে চায়। আর এখন খুব দুরন্ত পল্টুর একমাত্র বন্ধু ওর কুসুম পিসি। একমাত্র কুসুমের কথাতেই পল্টু পড়তে বসে, আর শত বার অনুরোধ করলেও ওকে দিয়ে কোন কাজ কেউ করাতে পারে না। এত সুন্দর বলে কুসুমের অনেক সম্বন্ধ এসেছিল কিন্তু চিনু চায় না বিয়ের পর কথা বলতে পারে না বলে কোন প্রবলেম হয় তাই ওরা রাজি হয়নি। মিতাও কতবার বুঝিয়েছিল যে বোবা মেয়েদের কি বিয়ে হয় না কিন্তু ইন্দু আর চিনু রাজি নয়।

সেদিন কুসুম আর পল্টু কে নিয়ে মিতা বাপের বাড়ি চলে গেল, যাবার সময় খুব চেঁচিয়ে বলে যেতে ভুললো না যে সে প্রাণ থাকতে আর এই বাড়িতে ফিরবে না। ইন্দু মিতার সামনে না হলেও ওর জায়ের দিকে চেয়ে ঠোঁট টিপে হাসলো মুখটা ঘুরিয়ে কারণ ওরা জানে মিতা এই বাড়ি ছাড়া একটা দিনও বাপের বাড়িতে থাকতে পারবে না। ইন্দু আর ওর জা মানে চিনুর জ্যাঠাইমা মিতাকে বউ নয়, মেয়ের মতই ভালোবাসে। অবশ্য মিতাও কম করে না। তাই ওরা জানে মিতা শুধুমাত্র কয়েক ঘন্টা থেকেই আবার শ্বশুরবাড়ি মুখো ই হবে। চিনু মিতার ভাবগতিক দেখে আজ ঘন্টা থানেক আগেই অফিস বেরিয়ে গেছে। শান্তি প্রিয় চিনময় খুব একটা চেঁচামেচি পছন্দ করে না। সকালে বউকে ক্ষেপিয়ে দিয়ে আর বাড়িতে থাকতে ওর সাহস হয়নি। ফোন করে অফিস থেকে বারকয়েক জেনে নিয়েছে বউ ফিরল কিনা। তবে সন্ধ্যেবেলা ফিরেও যখন দেখল পল্টু আর কুসুম ফিরেছে কিন্তু মিতা ফেরেনি তখন মনটা একটু খারাপ হলেও কাউকে বুঝতে না দিয়ে ঘরে টিভি টা খুলে সোফায় বসে থাকে। তবে ওর মন কিন্তু বার বার বলছিল যে মিতা একটু পরেই ঠিক ফিরে আসবে। মোবাইলটা তুলে ও আবার নামিয়ে রাখে কারণ এখন মিতাকে ফোন করতে গেলে ওকে অনেক কথা শুনতে হবে। মোবাইলটা বেজে উঠতেই দেখে ওর শাশুড়ির ফোন

"হ্যাঁ বলুন মা"

"মিতা ঠিক পৌঁছে গেছে তো চিনু?

চিনু র কপালে ভাঁজ পড়ল

"না তো কখন বেরিয়েছে ও?"

"সেকি গো ও তো পল্টু রা যাবার আধঘন্টা পরেই বেরিয়ে গেছে বলল আজকের দিনটা আমি চিনু আর পল্টু কে ছেড়ে থাকবো না পরে তোমার কাছে আবার আসব"

"আচ্ছা আমি দেখছি আর দেখা হলেই আপনাকে জানাচ্ছি"

"হ্যাঁ জানিও কিন্তু"

চিনু খুবই চিন্তায় পড়ে গেল। ইন্দুদের জানাতে ওরাও খুব টেনশন করতে লাগলো কিন্তু মিতের মোবাইলটা সুইচড অফ পেয়ে আরো চিন্তা বাড়লো। কুসুম ইশারায় নানান

রকম অঙ্গিভঙ্গি করে বোঝাতে লাগলো পাড়ায় গিয়ে খোঁজ নেওয়া দরকার। চিনু ভাবল এটাই ঠিক আগে রাস্তায় গিয়ে দেখতে হবে কোন বিপদ হলো কিনা। তারপর যা ব্যবস্থা নেওয়ার নেওয়া যাবে।

"এখনই থানায় যাওয়াটা ঠিক হবে না চিনু"

চিনুর বাবা মনি বাবু বলেই ধপাস করে খাটে বসে পড়লেন। সবার মনের অবস্থা চিনু টের পাচ্ছিল কিন্তু মিতা এত বার বাপের বাড়ী গেছে কোন বার দু ঘন্টার বেশি থাকে নি তাহলে এবারে কি সত্যিই কোনো বিপদ ঘটল? আর ফোনটাই বা সুইচ অফ হবে কেন? এমন নানা প্রশ্ন চিনুর মনে ভীর করতে আরম্ভ করলো।

এবারে ফেব্রুয়ারি মাসেও শীতটা যাই যাই করেও যায় নি। ফেব্রুয়ারির 14 তারিখ মানে প্রায় মাঝামাঝি তাতেও রাত দশটার সময় বাইরে বেরোতে বেশ ঠান্ডা লাগছে। চিনু আলমারি থেকে চাদরটা বের করে গায়ে দিয়ে সদর দরজা কাছে যাওয়ার আগেই দেখল মিতা আসছে। ওর প্রাণটা যেন ঠাণ্ডা হল। কিন্তু দেখা মাত্রই আবার সেই সকালের কথা মনে পড়ে গেল। ওর এখনো মিতার থেকে অনেক মুখ শোনা পেন্ডিং।

সবাই মিতাকে দেখে স্বস্তির নিঃশ্বাস ফেললেও চিনুর বুকটা বড়ই ধরফর করতে লাগলো। ও তো বেমালুম ভুলে গিয়েছিল তার জন্য ভ্যালেন্টাইন্স ডের গিফট কিনতে যেটা সকালে মিতা বার বার মনে করাতে চেষ্টা করছিল কিন্তু ইচ্ছে করেই চিনু সেটা বুঝছিলো না। এবার আর না করার কোন উপায় নেই।

মিতা সোজা ঘরে ঢুকেই চিনুকে কিছু বলতে যাবে এমন সময় চিনু ঘুরে বলে উঠলো

"সরি মিতা আজ আমি তোমার গিফট কিনতে ভুলে গেছি ওটা কাল দিয়ে দেব"

"তোমার গিফট এর জন্য আমি এত রাতে বাপের বাড়ি থেকে এলাম? শোনো তোমার যে আজকের দিনটা মনে আছে এটাই আমার কাছে যথেষ্ট, যেটা তুমি সকালে ইচ্ছে করেই বুঝতে চাইছিলে না, আর গিফট তো তুমি প্রতিবারই আমাকে দাও এবার না হয় আমি তোমাকে গিফট দিলাম"

ক্লাসের জলটা খেতে গিয়ে প্রায় বিষম লেগে যাচ্ছিল চিনুর , মিতার কথাটা শুনে। কি করে এত পাল্টে গেল এই কয়েক ঘন্টায়?

এবার মিতা ওর ব্যাগ থেকে একটা ঘড়ি বার করে চিনুর হাতে দিয়ে ওকে জড়িয়ে ধরে বলল

"হ্যাপি ভ্যালেন্টাইনস ডে মাই ডিয়ার হাসবেন্ড"

চিনু খুব জোরে বুকের মধ্যে মিতাকে চেপে ধরে বললো

"হ্যাপি ভ্যালেন্টাইনস ডে মাই সুইট ওয়াইফ"

৯

গাবলু চরণ

আজ কোচিন এ এক কাণ্ড হয়ে গেলো, এতদিন যে একটা দিনও ক্লাস মিস করে নি সেই গাবলু অনুপস্থিত। স্যার ও ঠিক মন দিতে পারছেন না ক্লাসে। বারবার বলে উঠছেন

"গাবলু টার কি হলো কে জানে, ক্লাসের পর একবার ফোন করে দেখবো, হয় তো শরীর টরীর খারাপ করেছে"

তনু গাবলু র পাশের বাড়িতেই থাকে তাই ওর দিকে তাকিয়ে স্যার আবার বলে উঠলেন

"তুই তো পাশেই থাকিস, একবার ওর বাড়ি গিয়ে খোঁজ নিস তো"

তনু মাথা নেড়ে বলে

"হ্যা স্যার, আমি বাড়ি ফেরার সময় ওদের বাড়ি হয়েই ফিরবো"

আসলে গাবলু ঠিক অন্য ছেলেদের মত নয়, পড়াশুনায় অত্যন্ত মেধাবী আর সিরিয়াস ছেলেটির জন্য স্কুল আর কোচিন এ ওর খুব কদর। সব স্যারেরা গাবলু র প্রশংসায় পঞ্চমুখ। গাবলু র কিন্তু তাতে কোনো ক্ষেপ নেই, পড়াশুনা ই ওর জগৎ, কত তাড়াতাড়ি ক্লাসের বই শেষ করে অন্য রেফারেন্স বই পড়বে সারাদিন সেই চেষ্টা। স্যারেরা মাঝে মাঝে অবাক হয়ে যায় ওর চেষ্টা দেখে।

সামনের বছর মাধ্যমিক পরীক্ষা তাই এখন গাবলু র দিন রাত এক, কোনো অনুষ্ঠানে যায় না কোচিন কামাই হবে বলে, বাবা মায়ের শত অনুরোধেও নয়। এই ছেলের কামাই হলে স্যারদের চিন্তা তো হবেই।

গাবলুর নাম কিন্তু গোবিন্দ, স্কুলে আর কোচিনে সবাই ওকে ভালোবেসে গাবলু বলেই ডাকে। তাতে অবশ্য গাবলুর তেমন আপত্তি নেই এমনিতে খুবই কম কথার মানুষ আর দিনের বেশিরভাগ সময়টা বই মুখো হয়ে থাকে তাই কে কি বলল তাতে ওর কিছু এসে যায় না।

সেদিন কোচিং এর পর তনু সোজা গাবলুদের বাড়ি আসে। বাড়ির বাইরে গাবলুর ভাই কৃষ্ণকে দেখেই বলে ওঠে

"কিরে কৃষ্ণ তোর দাদা আজ কোচিংয়ে গেল না কেন? স্যার খুব চিন্তা করছিল তাই আমাকে খোঁজ নিতে পাঠালো"

কৃষ্ণ তনুকে অবাক করে দিয়ে হো হো করে হেসে উঠে বলল

"আরে আজ একটা খুব মজার কান্ড হয়েছে তাই গাবলু মন থারাপ করে ঘরে শুয়ে আছে"

"বাবা কি এমন কান্ড হলো তাতে গাবলুর মত ছেলেকে কোচিং কামাই করে শুয়ে থাকতে হল?

"জানিস আজ গাবলুর ব্যাগ থেকে একটা বেশ বড়সড ক্যাডবেরি চকলেট বের করেছে তুলসী"

তুলসী হলো গাবলুর ছোট বোন।

"বুঝতে পারছি না তাতে গাবলু কোচিং যাবে না কেন?

"আরে গাবলু কিছুতেই স্বীকার করছে না যে ওটা ওকে কেউ গিফট দিয়েছে কারণ আজ ছিল চকলেট ডে বুঝলি?"

তনু এবার বোঝে গাবলুর এই চকলেট ব্যাগে পাওয়া নিয়ে কৃষ্ণ আর তুলসী ওকে খুব খেপিয়েছ , এমনিতে ও যে খুব অভিমানী তা তনু খুব ভালো করেই জানে।

এবার ঘরে ঢুকে সোজা গাবলুর খাটে গিয়ে বসে। দেখে গাবলু চোখ বুজে চুপটি করে শুয়ে আছে। তনু যেই খাটে গাবলুর পাশে গিয়ে বসে অমনি গাবলু তনুকে বলে ওঠে

"তনু আমার ব্যাগে কে একটা চকলেট দিয়েছিল তুই কি জানিস?"

"কে আবার তোকে চকলেট দেবে নিশ্চয়ই তুই কিনে ভুলে গেছিস?"

এবার সটান উঠে বসে গাবলু বলে

"না রে আমার কাছে এত পয়সা থাকে না তুলসী বলছিল ওই ক্যাটবরি টার দাম বোধহয় 60 টাকা হবে, অত টাকা আমি কোথায় পাব আর পেলেও চকলেট কিনে টাকা নষ্ট আমি করতাম না"

এই যুক্তিটা তনুর বেশ মনে ধরল। সত্যিই গাবলুর মত ছেলে চকলেট কিনে টাকা নষ্ট করবে না বরং সেই টাকায় ও পড়াশোনার জন্য জিনিস কিনবে। তনুর মনে তোলপাড় করতে আরম্ভ করলো। সত্যি এত বড় চকলেট টা কে কোচিংয়ে ওর ব্যাগে ভরে দিল? একে একে সবার মুখ ওর মনে আসতে লাগলো। এখানে যারা পড়ে তারা গাবলুকে এত বড় চকলেট যদিও গিফট করে থাকে তাহলে সেটা বলেই দেবে , তাই এখানে কেউ দিয়েছে বলে ওর মনে হলো না। ছেলেদের মধ্যে তো কেউই নয় । আর বাকি থাকলো ওদের গ্রুপের দুটি মেয়ে। একজন ঐশী আর একজন শম্পা। শম্পা খুবই গরিব পরিবার থেকে এসেছে। স্যার ওকে বই খাতা কিনে দিয়ে অনেক সাহায্য করলেন তাই শম্পা এত বড় চকলেট কিনে গিফট দেওয়া অসম্ভব। আর বাকি থাকলো ঐশী,

এখানে বলে রাখা ভালো যে গাবলুকে ঐশী ব্যঙ্গ করে গাবলু চরণ নামে ডাকে। গাবলু অনেক বার তনুকে ঐশীর এই নাম দেওয়া নিয়ে অভিযোগ করেছে কিন্তু ঐশী সবার সামনেই গাবলুকে গাবলু চরণ, ক্যাবলাকান্ত, হাঁদারাম এছাড়াও অনেক নামে ডেকে ব্যঙ্গ করে। গাবলু ঐশীকে দুচোখে সহ্য করতে পারেনা এমনকি ওর সাথে বেশ কয়েক মাস কথাও বলেনা। ঐশী গাবলুর সামনেই স্যার না থাকলে ওকে নিয়ে নানা রকম কথা বলে হাসাহাসি করে। ঐশির মতে গাবলু জীবনে কিছুই করতে পারবে না কারণ গাবলুর মতো হাঁদা ছেলে পৃথিবীতে ওই একটাই। এর চেয়ে পড়াশুনা না জেনে চালাক-চতুর হলে জীবনে কিছু করতে পারত। গাবলু বার দুই ঐশীর নামে স্যারের কাছে অভিযোগ জানিয়েছিল তাতে ঐশী এখন এতটাই চটেছে যে বলা যেতে পারে দুজনে মুখ দেখাদেখিও প্রায় বন্ধ। তাই ঐশীও চকলেট দেওয়ার তালিকা থেকে বাদ। কিন্তু এত বড় চকলেট টা এই চকলেট ডে তে দিল কে সত্যি এটা ভাববার বিষয়।

পরেরদন স্যার গাবলুকে দেখেই বলে উঠলেন

"কি রে গাবলু কাল কি শরীর খারাপ করেছিল?"

গাবলু ঘুরিয়ে-ফিরিয়ে কথা বলতে পারে না তাই একটু ইতস্তত করে ও বলে ফেলল সত্যি কথাটা।

স্যার সবাইকে জিজ্ঞেস করেও কোন কিনারা করতে পারলেন না তখন বললেন

"ঠিক আছে যে চকলেট দিয়েছে সে আরও দুই তিনটে দিলে ভালই করত কারণ এখানে একটা চকলেট কিছুই হবে না"

একটু থেমে আবার বললেন

"গাবলু চকলেট টা বের কর আর সবাইকে ভেঙ্গে দে। গাবলু আর তনু মিলে চকলেট টা ভাঙতে আরম্ভ করলো। স্যার বললেন

"গাবলু তুই সেদিন ব্যাগটা কোথায় রেখে অঙ্কের খাতা আনতে গিয়েছিলি, কার কাছে তোর ব্যাগ ছিলো?"

"আমার ব্যাগ তো শম্পার পাশেই ছিলো, ওকে দেখতে বলে আমি খাতা আনতে বাড়ি গেলাম"

স্যার শম্পার দিকে তাকিয়ে বললেন

"কি রে তোর কাছে যখন ব্যাগ ছিলো তুই তো জানবি কে ওর মধ্যে চকলেট রাখলো?"

শম্পা মুখ কাঁচু মাচু করে বলে ওঠে

"স্যার ওটা ঐশী আমাকে গাবলু র ব্যাগে ভরে দিতে বলেছিল, তাই,,,,,,,,,"

শম্পা বলতে বলতে থেমে যায়।

স্যার ঐশীর দিকে নজর ঘোরাতেই বলে ওঠে

"স্যার ওটা আমিই দিয়েছিলাম, কারণ গাবলু কে আমি ওটা হাতে দিলে ও নিত না, আর আমি এত ওকে নিয়ে ইয়ার্কি করি তাই আমাদের মধ্যে কথাও হয় না"

ঐশীর এইরকম স্বীকারোক্তি শুনে স্যার অবাক হলেও বুঝতে না দিয়ে আবার প্রশ্ন করেন

"তুই এত জনের মাঝে শুধু গাবলু র ব্যাগেই কেনো ওটা দিলি"

স্যারের প্রশ্নটা যেনো ঐশীর জানা ছিলো তাই কথা শেষ হওয়ার আগেই বলে উঠলো

"স্যার ওকে আমি অনেক জ্বালাতন করি কিন্তু আমার যখন কোনো নোট বা অন্য বইয়ের দরকার হয় গাবলু সম্পাক দিয়ে সেটা আমাকে পাঠিয়ে দেয়, কিন্তু আমার সাথে কথা বলতে ওর আপত্তি, আর এতেই আমার রাগ বেড়ে যায়, ওকে সবার সামনে এইসব বলে ফেলি"

এতক্ষণ পর সবার বোধগম্য হয় আসল ব্যাপারটা কি। স্যার তো কিছুক্ষন কোনো কথাই বলতে পারলেন না। সত্যি পরের প্রজন্ম কত এগিয়ে। গাবলু সব শুনে বলে উঠলো

"চকলেট টা তো ভাঙ্গা হয়ে গেছে, ঐশীকে আমি পরে কিনে ফেরত দিয়ে দেবো"

গাবলু র এই সরল কথায় সবাই হেসে উঠলেও স্যার ওর মাথায় হাত রেখে বলে উঠলো

"আমার এই ছেলেটা খুব সরল, পড়াশুনা ছাড়া ও আর কিছু বোঝে না, একে নিয়ে তোরা মস্করা করিস না"

ঐশী জানে গাবলু র মত ছেলে সত্যি খুবই কম, এখনও পর্যন্ত কেউ বলতে পারবে না ও করো সাথে খারাপ ব্যবহার করেছে, বরং ঐশীর ওকে নিয়ে নানা রকম মস্করা যতক্ষণ না সহ্যের সীমা ছাড়িয়ে যাচ্ছে ও মুখ বুজে সব সহ্য করেছে। ঐশীর মনে এই কারণে একটা অনুতাপ আছে কিন্তু হাজার চেষ্টা করেও গাবলুকে ওর সাথে কথা বলতে পারেনি ওর বন্ধুরা, শেষে প্রলয় এই বুদ্ধিটা দেয় ঐশীকে। কিন্তু এটা যে এত বড়ো কান্ড হয়ে যাবে সেটা আর কে জানত।

সেদিন কোচিন থেকে বেরিয়ে ঐশী সোজা বাড়ি এলো। আজ মায়ের অফিস থেকে বাড়ি ফিরতে দেরি হবে তাই জলখাবার টা ওকেই করে নিতে হবে। ব্যাগটা পড়ার টেবিলে রাখতে যাবে এমন সময় মোবাইলটা বেজে উঠলো। ফোনটা মায়ের ছিলো। মা জিজ্ঞেস করলো ও বাড়ি ফিরেছে কিনা। এছারও কিছু অন্য কথা বলে মা ফোন রেখে দেয়। ব্যাগ থেকে মোবাইলটা বার করার সময় একটা টুকরো কাগজ পড়ে গিয়েছিল। ওটা তুলে দেখে গাবলু র হাতের লেখা

"হ্যাপি চকলেট ডে"।